Troisième Vente MONBRO

Par suite d'expropriation et de cessation de commerce.

BOIS SCULPTÉS

DE DIVERSES ÉPOQUES

MODÈLES DE BRONZES

POUR MEUBLES, CANDÉLABRES, ETC.

VENTE RUE DU HELDER, 19

Les Mardi 19, Mercredi 20, et Vendredi 22 Mai 1868

Expositions publiques, *les 16, 17 et 18 Mai 1868*

De une heure à cinq heures.

Mᵉ CHARLES PILLET, COMMISSAIRE-PRISEUR	**M. FEBVRE,** EXPERT

1868

TROISIÈME VENTE MONBRO

TROISIÈME VENTE **MONBRO**

Par suite d'expropriation et de cessation de commerce,

DE

BOIS SCULPTÉS

DE DIVERSES ÉPOQUES, PROVENANT DE MEUBLES, etc.

MODÈLES DE BRONZES

**Pour Candélabres, Pendules, Vases, Statues, Statuettes,
Consoles, etc., etc.**

VENTE RUE DU HELDER, 19

Les Mardi 19 et Mercredi 20 Mai 1868
POUR LES BOIS SCULPTÉS

Et le Vendredi 22 Mai 1868
POUR LES MODÈLES EN BRONZE

Mᵉ **Charles PILLET**, Commissaire-Priseur, 10, rue Grange-Batelière,

M. **FEBVRE**, Expert, rue Saint-Georges, 14.

Chez lesquels se trouve le Catalogue

*EXPOSITIONS PUBLIQUES à partir du Samedi 16 Mai
jusqu'aux jours de vente.*

CONDITIONS DE LA VENTE

Elle sera faite au comptant

Les adjudicataires payeront *cinq pour cent* en sus des enchères.

L'exposition mettant le public à même de se rendre compte de l'état des objets, il ne sera admis aucune réclamation une fois l'adjudication prononcée.

ORDRE DES VACATIONS

Les mardi 19 et mercredi 20, les *Bois sculptés :*

Le vendredi 22, les *Modèles de Bronzes.*

324. — Paris, Imprimerie de PILLET fils aîné, rue des Grands-Augustins, 5.

DÉSIGNATION DES OBJETS

Bois sculptés

1 — Deux beaux panneaux ornés dans leurs parties supérieures, de trophées d'armes, et dans leurs parties basses, de feuilles de chêne, et de rosaces.

2 — Deux beaux supports de table, de l'époque de Louis XIV. — Groupe d'enfants supportant l'entablement. Travail italien.

3 — Trois couronnements cintrés avec médaillons ovales ; époque de Louis XVI.

4 — Un dessus de porte Louis XV, ornements rocaille ; sous vieille dorure.

5 — Deux autres, même époque, sous vieille dorure à deux tons.

6 — Balcon Henri II, à colonnettes à jour.

7 — Une galerie du XVIᵉ siècle, composée de trois fragments à colonnettes à jour.

8 — Très-belles portes de l'époque de Louis XV, très-finement sculptées.

9 — Bas-relief sculpté ; l'Extase de saint Luc.

10 — Panneau avec sujet romain.

11 — Deux montants Renaissance, très-fins de sculpture.

12 — Deux panneaux de meuble, avec figures style Jean Goujon.

13 — Supports à deux chutes, en bois doré et sculpté.

14 — Deux montants Renaissance avec chasseurs.

15 — Trois magnifiques panneaux Renaissance, deux avec sphinx.

16 — Très-beau panneau Renaissance, avec figures, mascarons et cartouches.

17 — Panneau Renaissance, avec entablement et figures de faunes.

18 — Salon Louis XV, composé de onze panneaux de différentes grandeurs, trois battants de portes et quatre pilastres.

19 — Très-belle frise Renaissance avec Dieux marins.

20 — Deux frontons avec têtes d'enfants.

21 — Devant de meuble, de l'époque de Henri IV, avec le sujet du Jugement de Salomon.

22 — Une frise Renaissance à jour e un pilastre (très-belles pièces).

23 — Très-belle frise Renaissance, avec chasse en ronde bosse.

24 — Très-beau montant du XVIᵉ siècle.

25 — Couronnement de meuble Renaissance avec sujet de chasse.

26 — Fragments d'une très-belle frise Renaissance avec la figure de l'Abondance.

27 — Frise Renaissance, avec personnages mythologiques.

28 — Panneau gothique, avec moulin et attributs de mouture.

29 — Cinq petits panneaux, dont quatre avec bustes de souverains allemands.

30 — Deux couronnements avec têtes d'anges et guirlandes de fleurs.

31 — Trois belles frises Renaissance, et un panneau.

32 — Quatre panneaux à ogives.

3 — Six panneaux de meuble Henri II.

34 — Six frises gothiques, ornements à jour.

35 — Deux montants Louis XIV.

36 — Deux frises Renaissance, à trophées d'armes.

37 — Neuf frises Renaissance.

38 — Quatre couronnements de galeries.

39 — Frise à rosaces.

40 — Lots divers de bois sculpté, fragments de meubles, etc.

41 — Neuf colonnes de diverses époques, dont deux cannelées.

42 — Lot de treize colonnes, de l'époque de Louis XIII.

43 — Quatre fûts de colonnes et deux demi-colonnes ornées de pampres.

44 — Quatre pieds de table Louis XIV.

45 — Quatre têtes de panneaux Henri II.

46 — Lot de neuf pièces, cariatides, chutes, montants et frises avec fruits.

47 — Onze pièces, cariatides et angles de crédences.

48 — Cinq montants à deux faces et un devant de crédence.

49 — Cariatide et corniche de meuble.

50 — Un lot de clochetons et fragments gothiques.

51 — Quatre chapiteaux de pilastres et six de colonnes.

52 — Quatre couronnements ornés de mascarons.

53 — Deux panneaux Renaissance, dont un avec figures d'enfants.

54 — Lot de sculptures en bois d'ébène.

55 — Trois couronnements de cadre et un montant.

56 — Lot de boules tournées, balustres et chutes à dragons.

57 — Quatre panneaux Louis XIV.

58 — Cinq panneaux Louis XV.

59 — Deux pilastres et quinze traverses Louis XV.

60 — Lot de moulures italiennes.

61 — Lot de baguettes italiennes dorées.

62 — Autre lot de baguettes Louis XVI, peintes en blanc.

63 — Trois jambes de table, de l'époque de Louis XIV.

64 — Entourage de porte avec draperies et enfants en relief; travail flamand.

65 — Deux panneaux Louis XV.

66 — Sept panneaux Louis XV, à rosaces.

67 — Dix panneaux Louis XV.

68 — Quatre petits montants Louis XV.

69 — Deux portes d'armoire Louis XIII.

70 — Cinq panneaux Louis XV.

71 — Quatre autres.

72 — Quatre panneaux Louis XV.

73 — Lot de bois dorés; sera divisé.

74 — Quatre panneaux d'église.

75 — Trois encadrements Louis XV, sous vieille dorure.

76 — Quatre couronnements de panneaux Louis XV, peints en blanc.

77 — Deux supports de meuble Renaissance, avec cariatides.

78 — Quatre autres avec atlantes.

79 — Un autre ; tête de femme soutenant un chapiteau.

80 — Un autre, avec tête d'enfant.

81 — Deux saints soutenant des chapiteaux.

82 — Deux supports, avec têtes de femmes, amours et chutes.

83 — Trois autres, avec figures dorées.

84 — Quatre pièces, colonnes et pilastres.

85 — Six pièces, supports et cartouches.

86 — Deux supports à cariatides.

87 — Quatre autres, dont un avec enfant.

88 — Quatre panneaux Renaissance, dont deux avec figures, et deux repercés à jour.

89 — Devant de petit meuble Renaissance, orné de cariatides et de mascarons.

90 — Trois panneaux Louis XIII ; sujets religieux.

91 — Deux petits supports avec figures en relief.

92 — Trois frises Renaissance.

93 — Deux couronnements avec armoiries.

94 — Trois petits panneaux Renaissance.

95 — Deux autres à figures, style Jean Goujon.

96 — Quatre appliques sous vieille dorure.

97 — Deux panneaux Renaissance, l'un avec Salamandres, l'autre avec le sujet de Daniel dans la fosse aux lions.

98 — Quatre panneaux du XVIe siècle, avec divers sujets à personnages.

99 — Deux autres, avec sujets religieux.

100 — Deux autres panneaux, l'un à cartouche, l'autre à sujet.

101 — Deux panneaux du XVIe siècle, l'un avec médaillon à sujet.

102 — Deux charmantes frises Renaissance, à figures d'animaux et ornements.

103 — Cinq appliques Renaissance, très-fines de sculpture.

104 — Deux panneaux Renaissance, avec évangélistes.

105 — Quatre panneaux Renaissance.

106 — Quatre panneaux de meubles, époque de Louis XII.

107 — Huit panneaux à perspectives, Renaissance.

108 — Six panneaux Renaissance, niellés et ornementés.

109 — Deux portes de meubles Renaissance, ornées de figures mythologiques.

110 — Deux panneaux gothiques et une frise Renaissance.

111 — Dix panneaux gothiques.

112 — Dix autres, même époque.

113 — Dix-huit autres, même époque.

114 — Dix fragments Louis XV.

115 — Six beaux panneaux ; gothique fleuri.

116 — Deux fragments de portes et deux panneaux Renaissance.

117 — Neuf pièces, fragments de meubles du xvie siècle.

118 — Cinq panneaux du xvie siècle, ornements et figures.

119 — Huit frises à godrons.

120 — Trois enfants dorés et une console.

121 — Deux portes gothiques à ogives.

122 — Cinq panneaux avec clochetons à jour.

123 — Cinq colonnes torses pour lits.

124 — Deux petites portes de meuble Renaissance.

125 — Deux portes de meuble. Travail flamand.

126 — Quatre très-beaux panneaux Louis XIV.

127 — Trois panneaux Renaissance, ornés de mascarons.

128 — Quatre frises Louis XIV.

129 — Une porte Louis XV.

130 — Panneau de meuble, dessin de Jean Goujon.

131 — Cinq panneaux Louis XV.

132 — Devant de bahut du XVIᵉ siècle.

133 — Encadrements de glace Louis XVI.

134 — Une porte Renaissance, avec têtes et ornements.

135 — Entourage de glace Louis XIV.

136 — Devanture de bahut, beaux ornements, gothique fleuri.

137 — Trois entourages de glaces Louis XV.

138 — Porte Henri II, avec pilastres et entablement.

139 — Deux trumeaux Louis XIV, ornés d'Amours et d'oiseaux.

140 — Beau dessus de porte Louis XIV.

141 — Quatre autres, même époque.

142 — Quatre couronnements Louis XIV, de diverses grandeurs.

143 — Deux couronnements de glaces Louis XIV.

144 — Frise Henri II.

145 — Très-belle frise Renaissance

146 — Deux grands panneaux Louis XIV, ornés de rosaces et d'écoinçons.

147 — Deux panneaux Louis XIV; ornements très-fins.

148 — Trois panneaux Henri II, ornés de palmettes, de tiges de chêne, et de l'H royale.

149 — Dessus d'alcôve Louis XV, avec guirlandes de fleurs et moulures contournées.

150 — Deux montants, avec frises à feuilles de chêne.

151 — Quatre panneaux, frises Louis XIV, ornements très-fins ; sous vieille dorure.

152 — Couronnements avec deux têtes d'anges ; dorure et peinture.

153 — Deux dessus de portes Louis XV, avec pendentifs et instruments de musique ; sous vieille dorure.

154 — Petit dessus de porte, avec instruments de musique sculpté à haut relief ; sous vieille dorure.

155 — Lot de panneaux Louis XIV, écoinssons et rosaces.

156 — Divers fragments provenant d'un ancien tabernacle Louis XIV ; sous vieille dorure.

157 — Deux cariatides.

158 — Deux côtés d'encadrements italiens ; ornements rocaille.

159 — Quatre morceaux d'entourages de glaces Louis XIV.

160 — Quatre frontons de glaces Louis XIV.

161 — Frise Louis XVI, sujets religieux et fleurs.

162 — Trois entourages d'alcôve Louis XIV.

163 — Très-belle corniche italienne, ornements rocaille ; vieille dorure.

164 — Bel entablement Renaissance, orné d'une superbe frise avec satyres, têtes et enroulements.

165 — Six belles frises, ancienne dorure sur blanc, ornées
de beaux rinceaux et de feuilles d'acanthe.

166 — Cinq dessus de portes à sujets chinois ; Louis XV.

167 — Trois dessus de portes ovales ; même genre que les
précédents.

168 — Cinq beaux dessus de portes de l'époque de Louis XIV.

169 — Trois beaux dessus de portes Louis XIV, très-riches
d'ornements.

170 — Christ sur une croix en bois sculpté. Travail allemand
du XVᵉ siècle.

171 — Huit panneaux de l'époque de Louis XIII, ornés de
figures entourées d'encadrements avec cuirs et mascarons.
Toutes ces pièces sont d'un travail différent.

172 — Deux pilastres cannelés à jour, avec chapiteaux.

173 — Deux panneaux pilastres, ornés de motifs, de cartouches et entablements à mascarons.

174 — Deux panneaux pilastres dorés et sculptés. Travail
italien.

175 — Deux colonnes torses, entourées de pampres, en bois
sculpté et doré.

176 — Pilastres Louis XIV, ancienne dorure.

177 — Huit chapiteaux de l'ordre corinthien, sous vieille dorure.

178 — Quatre dessus de portes rocaille, dont un rond.

179 — Galeries rocaille, sous vieille dorure.

180 — Seize panneaux d'entre-deux, ornés de cartouches et de fleurs.

181 — Sept volets Louis XV, belle dorure.

182 — Deux cariatides formant supports, sous vieille dorure.

183 — Cinquante panneaux de diverses grandeurs, tous de l'époque de Louis XV.

184 — Deux panneaux sous vieille dorure; trophées de guerre, deux dessus de portes, ornements rocaille.

185 — Treize panneaux de volets sous vieille dorure, ornés de rinceaux et de motifs.

186 — Panneau, devant de meuble du xvi⁰ siècle, beaux ornements, et Amours tenant des cornes d'abondance.

187 — Quatre riches dessous de portes rocaille; sous vieille dorure.

188 — Ancienne chaise Henri II.

189 — Deux montants Louis XIV.

190 — Six panneaux Louis XV.

191 — Six beaux panneaux Louis XIV.

192 — Douze de même époque, avec motifs carrés.

193 — Sept autres, ornés de rosaces.

194 — Treize panneaux gothiques.

195 — Une frise Louis XIII.

196 — Quatre portes, trois gothiques et une ornée de rubans.

197 — Calèche de famille, peinte en vert, ornée d'un écusson armorié.

Vente du Vendredi 22 Mai

DÉSIGNATION DES BRONZES

1 — Grand et beau support de candélabre, à quatre pieds ; cette pièce découpée à jour, offre de riches ornements rocaille, sur lesquels reposent des figurines (modèle).

2 — Lot de quatre enfants grands et petits, pour candélabres Louis XVI et supports de coupes (modèles).

3 — Deux enfants grandeur naturelle, supportant des corbeilles ; pièces pour candélabres (modèles).

4 — Deux autres moins grands (modèles).

5 — Deux petits enfants, supports de candélabres (modèles).

6 — Deux autres plus petits (modèles).

7 — Trois modèles de socles Louis XVI, pour figurines, avec chutes de fleurs.

8 — Sept pièces, cariatides et ornements ; modèles pour jardinières, à cinq pans.

9 — Deux galeries, formant chutes d'eau ; pièces argentées, provenant d'un surtout.

10 — Lot de diverses pièces Louis XIV, charnières et entourages de marqueterie, pour armoire Boule.

11 — Très-beau et riche modèle de support de guéridon ; cep de vigne avec terrasse, 5 tortues, à roulettes.

12 — Huit cariatides, pour tables ou consoles. Les quatre Saisons et les quatre parties du monde.

13 — Plusieurs modèles d'ornements, pour meuble, genre Boule.

14 — Grand vase, de forme ovoïde, orné au centre d'une frise d'enfants, anse offrant une corne d'abondance (modèle). Vente Crozatier.

15 — Modèle en bronze d'une table Louis XIV, très-riche.

16 — Modèle de pendule Louis XV, à soleil.

17 — Modèle de Monvoisin, bras Louis XVI.

18 — Modèles de torchères, qui figuraient à la vente Hope.

19 — Lot fonte brute, figure et vase pour cartel Louis XIV.

20 — Deux figurines du Temps et d'Alcide, pour pendule Louis XVI.

21 — Modèle de supports, pour table ou cheminée ; enfants à mi-corps sur gaînes.

22 — Modèle d'enfants à mi-corps.

23 — Surmoulé de la pièce précédente.

24 — Modèle de candélabres Louis XVI, avec femmes drapées.

25 — Modèle d'une pendule Louis XVI, enfant et colombes.

26 — Lot de divers ornements rocaille, pour cartel.

27 — Grand modèle, pour garniture de colonne cannelée ; la base, circulaire, à feuilles de chêne, fleurs et pirouettes.

28 — Modèle de consoles et enfants, pour la décoration d'un piano.

29 — Fort lot d'appliques et de poignées, pour commodes.

30 — Lot de volutes et autres, pièces pour commodes Louis XIV.

31 — Lot de chapiteaux pour pendules et meubles, lot de consoles et feuilles pour meuble Louis XIV.

32 — Six colonnes torses, plaquées d'écaille, avec socles et chapiteaux en bronze.

33 — Deux supports en bois, très-finement sculptés, pour les figures du Jour et de la Nuit, d'après Michel-Ange.

34 — Monture pour bouteilles, modèle style Louis XVI.

35 — Modèle de branches Louis XVI, pour girandoles.

36 — Modèle de branches et binets, pour candélabres Louis XVI.

37 — Lot de médaillons, bas-reliefs et couronnements armoriés.

38 — Deux enfants debout, fonte pleine.

39 — Deux Amours assis pour candélabres (modèles).

40 — Groupe de trois enfants soulevant des cornes d'abondances (modèles).

41 — Même groupe plus petit (modèles).

42 — Même groupe, plus petit que le précédent (modèles).

43 — Dernier groupe pareil, plus petit.

44 — Modèles de terrasse avec figurines chinoises, pour candélabres et anses de vases.

45 — Quatre têtes Renaissance pour patères.

46 — Modèles de candélabres avec groupe de trois enfants, Louis XV et Louis XVI.

47 — Deux enfants en buste, partie et contre-partie, pour cheminée (modèle).

48 — Deux autres enfants à mi-corps, supportés sur gaîne; style Louis XIV (modèle).

49 — Deux autres enfants à mi-corps sans gaînes (modèle).

50 — Sept mascarons pour cheminées (modèles).

51 — Une grande tête de lion, quatre chutes rocailles, quatre chutes Louis XVI, une guirlande et une feuille de chêne; le tout pour cheminées (modèles).

52 — Trois flambeaux d'église, un en bronze et deux en bois (modèles).

53 — Un lot considérable d'ornements et bandes pour meubles de diverses époques (modèles).

54 — Autre lot de bandes, entrelacs et postes (modèles).

55 — Lot de motifs, coins bandes rocaille (modèles).

56 — Lot de cinq frises Louis XVI, à feuilles d'acanthe.

57 — Neuf pièces, cuivre et plomb, pour lanterne palmier (modèles).

58 — Un lot considérable de chutes pour meubles de diverses époques (modèles).

59 — Quatre pieds à spirales pour meubles Louis XIV (modèles).

60 — Une console formant jardinière en bronze; deux tritons soutiennent la partie supérieure (modèle Crozatier).

61 — Grand vase de jardin en fonte, anses à têtes de dragons (modèles Crozatier).

62 — Pareil vase en bronze (modèle).

63 — Flambeau ancien Louis XVI, à trépied, marbre et bronze doré.

64 — Un lot de boutons de pelles et pincettes (modèles).

65 — Lot d'ornements de bronze, pour meubles émaillés genre byzantin.

66 — Lot de modèles, pièces tournées, bagues, calottes, pieds de meubles et autres.

67 — Lot de rubans divers (modèles et surmoulés).

68 — Lot de diverses rosaces et motifs de différents styles.

69 — Modèle de coins divers pour bandes.

70 — Enfant sur des nuages avec rayons lumineux, surmoulé sur une ancienne pièce.

71 — Un lot de pieds de tables et de commodes (sabots), modèles et surmoulés.

72 — Lot de pieds à gaines, modèles et surmoulé.

74 — Deux cariatides à corps d'enfants, le bas à chute (modèles).

75 — Six supports de cheminée avec corps d'enfants, dont deux avec réduction.

76 — Lot de chutes et palmes pour meubles.

77 — Figurine de Saturne pour pendule Louis XIV.

78 — Lot de cadres ronds et ovales et deux médaillons à figures (modèles).

79 — Deux figures en bronze doré, Renommées pour couronnement de pendules.

80 — Trois mascarons et une tête de sanglier, pour cheminée (modéles).

81 — Deux modèles de cariatides, Satyre et Bacchante.

82 — Groupe de trois enfants pour dessous de lustre (modèle).

83 — Un groupe de trois enfants, réduction du lot ci-dessus (modèle).

84 — Lot de petites consoles et volutes (modèles).

85 — Modèle de pendule Louis XVI, socle et groupe de quatre enfants, avec rechange par un trophée.

86 — Modèle d'un beau flambeau Louis XV.

87 — Modèle d'un grand, d'un petit surtout et d'une pendule, le tout style Louis XV.

88 — Ornements divers, enfants pour pendule Louis XIV.

89 — Lot d'appliques pour commodes Louis XIII.

90 — Divers fragments pour pendule style Louis XIV.

91 — Modèles de feux Louis XIV, à lions et chimères.

92 — Plusieurs pièces en plomb, roseaux et grenouilles, plus deux robinets à têtes de cygnes.

93 — Lot de figurines d'enfants et autres.

94 — Vase Louis XVI à enfants, fonte brute.

95 — Deux feux Louis XIV, avec figurines d'enfants.

95 *bis* — Modèle pour feux Louis XIV.

96 — Chutes et pieds pour commodes Louis XIV.

97 — Vases et autres pièces Louis XV et Louis XVI.

98 — Appliques pour prie-Dieu; sujets religieux.

99 — Chutes pour meubles, cariatides et autres.

100 — Base en bronze doré pour vase.

101 — Modèles de fragments pour vases.

102 — Mascarons et chimères pour meuble.

103 — Modèles de socles à consoles.

104 — Modèles de frontons et de traverses de siéges.

105 — Quantité de poignées pour meubles de diverses époques.

106 — Bouts de feuilles pour meubles.

107 — Guirlandes Louis XIV, modèles et surmoulés.

108 — Lot d'appliques et agrafes pour meubles.

109 — Trois têtes Louis XIV, pour patères.

110 — Lot de volutes d'angles.

111 — Fort lot d'appliques pour meubles.

112 — Modèle rond pour candélabres à consoles et figures.

113 — Lot d'appliques à mascarons.

114 — Lot de feuilles, pour marbres.

115 — Lot d'appliques d'angles.

116 — Modèles de clefs et d'entrées de serrures.

117 — Lot de chutes, pour meuble, en marqueterie.

118 — Modèle de vasque en bois et en cuivre, pour bassin.

119 — Modèle pour pieds de lit.

120 — Lot d'encoignures et d'ornements, provenant d'un meuble en laque.

121 — Un lot de guirlandes grosses et petites, fleurs et fruits (modèles).

122 — Lot de pampres pour ornements de pieds cannelés ; candélabres Louis XVI (modèles).

123 — Lot de volutes et rinceaux grands et petits, styles divers (modèles).

124 — Lot de figurines et cariatides Louis XIII et Louis XVI (modèles).

125 — Lot de chutes pour tables et bureaux de Louis XIII à Louis XVI (modèles).

126 — Un grand cartouche à enfants, pour cheminée (modèle).

127 — Un plus petit sans enfants (modèle).

128 — Réduction en plus petit (modèle).

129 — Fonte brute et plâtre pour grand lustre.

130 — Lot de moulures en bois sculpté pour appartement.

131 — Autre lot de moulures en bois sculpté.

132 — Diverses pièces en ébène sculpté provenant de meubles Louis XIII.

RED. :

20

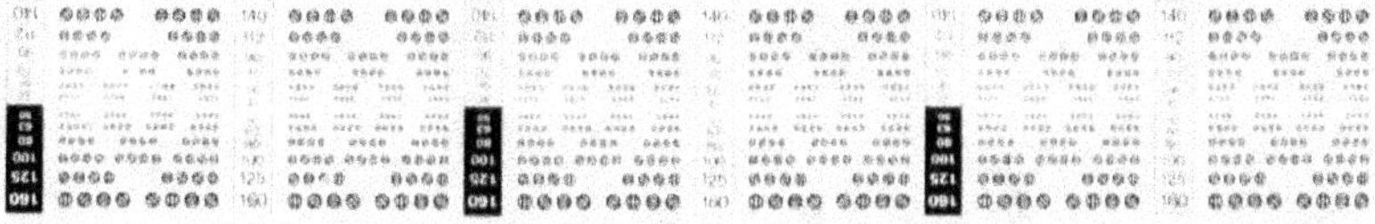

graphicom

0 1 2 3 4 5 6 7 8 9 10

9 782329 240398